AF194140

Unwägbarkeiten
des Lebens

von Alexandra Bergmann- Thünemann

Alexandra Bergmann-Thünemann studierte Rechtswissenschaften, Soziologie und Erziehungswissenschaften. Sie ist als Sängerin, Journalistin, Texterin und Autorin tätig.

1.Auflage 2021

Umschlaggestaltung und Texte:
Alexandra Bergmann- Thünemann

Fotos: Niklas Thünemann

© Alexandra Bergmann-Thünemann

Herstellung und Verlag:
BoD - Books on Demand, Norderstedt

ISBN: 978-3-7534-0646-6

Kontakt:

www.alex-presse.jimdofree.com

facebook und instagram

Für Niklas mit seinem
Fotohändchen und seinen guten
Ideen für dieses Buch

Inhalt

Vorwort

Das Buch handelt von ganz normalen Episoden im Alltag, wie sie sicherlich in jeder Familie vorkommen, sie nur noch niemand aufgeschrieben hat. Besonders an Feiertagen, können Ereignisse eintreten, die der Vorfreude zuzuschreiben sind. Ich bin nun selbst Mutter und kann mich in viele dieser Geschichten hinein versetzen. Muss aber betonen, dass alle rein fiktiv sind, obwohl sie sicherlich sehr authentisch beschrieben sind und so auch sicherlich hätten geschehen können.

In diesem Sinne, viel Spaß mit den Unwägbarkeiten des Lebens!

Schmunzeln wird ausdrücklich empfohlen! Und wenn Sie das eine oder andere Mal sogar lachen müssen, dann sind die Geschichten also wohl doch aus dem Leben!

Weihnachten

Da ist sie endlich, die magische Zeit. Die Tage werden kürzer, die Nächte länger. Kerzenglanz in jedem Raum. Uns wird es ganz warm ums Herz. Und wie das riecht! Plätzchenduft umweht die Nase und setzt sich später auf den Hüften ab. Schokoriegel werden tonnenweise gegessen und gerne auch mit Marzipankugeln kombiniert. Schließlich müssen ja die Nerven beruhigt werden vor dem großen Ereignis, das Weihnachten heißt. Es ist natürlich auch spannend, wenn der Nikolaus kommt und den Stiefel füllt, den man erwartungsfroh auf die Treppe stellt. Wenn man dann morgens riesige Fußabdrücke auf dem Eis sieht- früher war es noch kalt und auch Flüsse waren zugefroren- zauberte der Anblick schon ein Lächeln auf die Gesichter.

Aber zurück zu Weihnachten. Das ist schon eine andere Nummer. Da wird eine Tanne geschmückt, die dann im Wohnzimmer stehen soll. Bis es dazu kommt, werden natürlich diverse Kriege geführt über die Größe und den Wuchs des Baumes und seine Standfestigkeit. Wenn die Tanne in einem großen Wohnzimmer kaum zu finden ist, und möglicherweise der Hocker, auf dem sie steht, größer ist als der ganze Baum, fragt sich das Christkind schon, wo es die

Geschenke ablegen soll, sofern es denn welche gibt. Natürlich freut man sich auch auf das gute Essen, was aus Forelle blau mit Salzkartoffeln besteht. Es ist bekömmlich und regt den Geist an. Gerade an Weihnachten nicht zu unterschätzen, da man doch im Kreise seiner Lieben einige Stunden verbringen soll. Das ist natürlich nicht immer ganz einfach. Kann man sich doch während der Woche in Ruhe aus dem Weg gehen, werden nun Frieden und Harmonie erwartet. Gerade, wenn etwas Ruhe einkehrt, schweifen die Gedanken ab, und ungeklärte Verletzungen und Ungerechtigkeiten drohen an die Oberfläche zu kommen. Ob eventuell das Spielzeugauto gleich teuer war wie die Puppe mit den Plastikhaaren? Ob die Anzahl der Schokokugeln und die Farben gleich sind wie auf dem Nachbarteller? Zur Sicherheit wird der Süßigkeitenteller erstmal ausgekippt und lautstark Krawall gemacht, während der Vater auf der Orgel „Stille Nacht" spielt und sich bei der Mutter die erste Migräne anbahnt. Aber der Abend ist noch jung und die Gemüter kommen erst langsam in Wallung. Schließlich hat man sich doch das ganze Jahr auf diesen Abend gefreut.

Damit das Christkind aber die Geschenke in Ruhe bringen kann, werden natürlich die Türen abgeschlossen. Dass dann schon mal ein Schlüssel hinter den Kühlschrank fällt, und dadurch die Forelle durch die halbe Wohnung, und auch am Tannenbaum vorbei getragen werden muss, und somit fast kalt genossen wird, kommt schon mal vor.

Ein Spaziergang vor der Bescherung ist natürlich auch Tradition. Man spaziert im Halbdunkel durch die Straßen und schaut in die erleuchteten und festlich geschmückten Wohnungen. So schleicht man natürlich auch zum heimischen Wohnzimmerfenster, um vielleicht etwas von dem Glanz zu erspähen. Doch da wird schon schnell die Jalousie herunter gelassen. Ob

Weihnachten nun ausfällt? Man das Christkind verjagt hat? Nein! Auch in diesem Jahr gibt es wieder Ungerechtigkeiten bei den Geschenken und kaltes Essen. Das ist so Tradition! Und in der Nacht zum ersten Feiertag kippt natürlich auch der Baum um.

Silvester und Neujahr

Da sitzt man nun in festlicher Kleidung im Kreise seiner Lieben und übt sich im Bleigießen. Was das neue Jahr wohl für Überraschungen bereit hält? Was man selbst so alles ändern will. Was einen schon so lange stört. Das neue Jahr gibt die Möglichkeit zu einem Neuanfang. Und die will man natürlich unbedingt nutzen. Neue Wege, neue Ziele, neues Styling, mehr Sport, ein coolerer Job und vielleicht auch ein neuer Partner. Ein totaler Neustart ist geplant. Wie wäre es mit einer neuen Wohnung, einer neuen Einrichtung? Passend dazu natürlich auch ein neues Haustier und das richtige Auto. Man will schließlich was darstellen im Freundeskreis und in der Nachbarschaft. Die Stilikone der Siedlung sein. Auch gerne Vorbild in Sachen Kindererziehung und Sozialverhalten.

Ja, die Vorsätze wiegen schwer. Und stellt man sich einen Rucksack vor, so ist dieser garantiert schon überladen. Der Rücken ist krumm und schmerzt schon ein wenig. Ziemlich viel Ballast, den man sich da aufgeladen ist. Vielleicht reist es sich besser mit leichtem Gepäck. Und Silvester und auch Neujahr kommen jedes Jahr wieder. Vielleicht sollte man nur einen Vorsatz fassen und diesen konsequent umsetzen. Man könnte damit anfangen, sich so zu mögen, wie man ist. Ich mag mich mit meinen Fältchen und meinen Pölsterchen. Na, das ist doch schon mal ein Anfang.

Valentinstag

Der Valentinstag ist ein Feiertag, der sicherlich gerade für Frauen eine besondere Bedeutung hat. Wer denkt an mich? Wer schickt mir Karten, Blumen oder auch Pralinen? Was erhalten meine Freundinnen von ihren Partnern? Gibt es da möglicherweise größere Gaben, da größere Gefühle? Es ist nicht einfach und die Gedanken kreisen pausenlos. Wo stehe ich und wo will ich hin? Muss der Traumpartner möglicherweise ersetzt werden durch noch einen größeren Träumer. Fragen über Fragen, die sich gerade am 14. Februar in ihrer Wucht und Brutalität aufdrängen.

Es kann auch vorkommen, dass man gerade an diesem Tag nicht auf Wolke7 schwebt oder der Prinz auf seinem Pferd gerade bei der Freundin Station macht. Dann wünscht man sich natürlich dieses Loch, das sich auftut oder eine latente Unsichtbarkeit. Doch man muss die Scham ertragen. Irgendwann ist auch ein Feiertag für Verliebte zu Ende.

Wie es mir geht? Also, ich habe beim Aufräumen die Valentinsdeko auf dem Dachboden gefunden. Eine große Kiste mit Plüschherzen, Plastikherzen, Drahtherzen und Stoffherzen. Dort lag sie seit sechs Jahren. Ich habe sie nicht vermisst. Vielleicht bin ich einfach zu erwachsen für den Valentinstag und Blumen kann ich mir schließlich auch selbst kaufen.

Ostern

Ja, wenn der Osterhase kommt, wird die Natur endlich lebendig. Narzissen und Tulpen stecken ihre bunten Köpfe in die Höhe und die Bäume fangen an zu sprießen. Es grünt in der Natur und natürlich wird man von dieser Lebensfreunde angesteckt. Man fühlt sich energiegeladen und möchte diese auch umsetzen. So können diese Gefühle in Frühjahrsputz oder Gartenarbeit gelenkt werden. Wenn dann alles grünt und blüht, ist man eins mit sich und der Natur.

Natürlich färbt man auch Eier und backt Plätzchen. Die Nester soll natürlich der Osterhase füllen.

Und wenn er dann noch eine Kleinigkeit bringen könnte, die man sich schon lange gewünscht hat, wäre das Fest tatsächlich gelungen.

Nun hat der Osterhase natürlich auch Helfer. Das sind nicht nur die Hühner, die gerade in der Osterzeit viele Eier legen, die dann in der Werkstatt des Osterhasen von ihm und seinen Kollegen bemalt werden. Nein, auch eine Mutter hat zum Osterfest eine Aufgabe. Sie erfüllt den Kindern einen Wunsch. Ob es nun ein Kartenspiel oder ein paar Socken sind, ist vom Wunsch des Kindes abhängig. Schließlich muss der Osterhase unterstützt werden. Er kann nicht alles aus eigener

Tasche bezahlen. Wenn es gekauft wurde, muss es gut versteckt werden, damit es der Nachwuchs nicht findet. Das erfordert nun Planung und Fantasie der Mutter. Ist ein solches Versteck gefunden, können sich die Nerven der Mutter wieder etwas entspannen. Natürlich ist es eine weitere Herausforderung, sich an den Ort des Geschenkes zu erinnern, und wenn das Fest naht, es wiederum schön eingepackt zu verstecken. Die Verpackungshürde ist genommen. Der Osterhase hat das Nest gefüllt. Das Geschenk wurde von der Mutter versteckt. Nun ist der Nachwuchs gefragt, der freudig die Überraschungen finden soll. Fragezeichen in den

Gesichtern der Kinder. Auch der Mutter steht die Ahnungslosigkeit ins Gesicht geschrieben. Nun hat sie ihr Gedächtnis doch noch im Stich gelassen. Die Geschenke werden nicht gefunden. Der kindliche Unmut wird lauter. Gab es in diesem Jahr auch wieder nur Süßes. Na ja, Ostern kommt wieder und die vielleicht Erinnerung auch. Dann gibt es zum nächsten Fest vielleicht zwei Geschenke - oder auch nicht!

Hitparade im ZDF

Ich bin in einer Generation aufgewachsen, in der die Hitparade noch zum Pflichtprogramm gehörte. Es gab nur drei Fernsehprogramme und gebadet wurde auch nur samstags. So saß man dann frisch geschrubbt bei Flips und Brause vor dem Fernseher und sah Dieter Thomas Heck und seinen Künstlern zu. Nun war ich schon seit früher Kindheit sehr musikbegeistert. Mit meinem Kassettenrekorder und einem Mikrofon saß ich dann vor dem Fernseher, um die Hits der Stars aufzunehmen. Dazu legte man eine Kassette in den Rekorder. Die Kassette war aus Plastik und hatte eine Spule, auf der viele Meter Plastikband für die Aufnahmen waren. Das Band verhedderte sich gerne im Gerät, so dass es häufig Bandsalat gab.

Nun zurück zur Aufnahme. Ich hatte meinen Rekorder vor den Fernseher gestellt und das Mikrofon zielgerichtet in Richtung der Musik. Schon lange Zeit vor der Aufnahme- meistens am Nachmittag- machte ich meine Familie darauf aufmerksam, während der Aufnahme kurz zu schweigen. Gerade bei meinem Vater- er ist Beamter- wiederholte ich diesen Wunsch ungefähr zehnmal. Es war ein Ritual, das sich bei jeder Hitparade einstellte. Ich fragte auch noch, ob jeder vorher zur Toilette gegangen war. Schließlich wollte ich kein Türenknarren hören. Außerdem fragte ich weiter, ob auch jeder die Sendung sehen wollte. Mein Vater verneinte. Er habe im Keller zu tun. Ich startete also die Aufnahme meiner Lieblingsband und saß hingebungsvoll vor dem Fernseher. Ich nahm jeden Ton in mich auf. Da knarrte auch schon die Wohnzimmertür. Der Kopf meines Vaters erschien, dann der ganze Körper. Der Weg aufs Sofa war auch nicht geräuschlos. Meine Aufnahme war so gut wie hin. Dann noch die Stimme meines Vaters, der natürlich auf meinen Zeigefinger an meinem Mund nicht achtete: „Das ist ein Banjo.

Der spielt gar nicht, der mimt nur!" Nun war die Aufnahme endgültig hin. Eine einsame Träne löste sich aus meinem linken Auge und rollte langsam über meine Wange. So ging es bei uns bei jeder Hitparade zu. Stundenlanges Bitten um einige Schweigeminuten während der Musikaufnahmen. Im Gegenzug regelmäßiges Husten, Räuspern, Türen schlagen oder Kommentare zu Kleidung oder Instrument des Künstlers. Die Aufnahmen habe ich heute noch und bin mir sicher: So authentisch wie meine sind, hat sie bestimmt kein anderer Musikfan.

16. Geburtstag

Ja, so ein 16. Geburtstag ist schon ein besonderer Tag. Man fühlt sich weise, erwachsen, einfach gut. Wenn dann noch der Herzensmensch unverhofft zum Gratulieren kommt, kann der Tag perfekter nicht sein.

Während ich träumend aus dem Küchenfenster schaue, fährt ein goldener Manta zielgerichtet vor unser Garagentor. Ihm entsteigt der Mann meiner Träume beladen mit Geschenken. Für mich und an diesem Tag! Punktlandung! Die Hormone jubilieren und ich versuche, Frau der Lage zu werden. Nachdem die Glückwünsche und Geschenke entgegen genommen wurden- ein großes Bild von Elvis und eine LP von ihm, sollen Kaltgetränke zur Kühlung der Gemüter beitragen. Doch allein die Anwesenheit meines Traummannes und die perfekten Geschenke dienten nicht gerade zur Beruhigung. Ich beschloss in der Küche, ein paar Waffeln zu zaubern, schließlich war ich auf Besuch nicht vorbereitet, und diese mit Kirschen und Sahne zu servieren. Mein Freund, nennen wir ihn Paul, sollte in der Zeit die Boxen meiner Stereoanlage reparieren. Beim Abspielen meiner Schallplatten hatte sich ein störendes Knacken durchgesetzt. Während sich Paul nun in mein Zimmer begab, um die Reparaturarbeiten aufzunehmen, schüttete ich mir in der Küche gerade ein Glas Kirschsaft über mein elegantes Kleid. Das erforderte sofortige Beseitigung der Flecken. Ich schlich mich ins Badezimmer und zog die durchweichten Sachen aus. Nur in Hemdchen und Höschen versuchte ich, in meinem Zimmer an den Kleiderschrank zu gelangen, um mich wieder salonfähig zu kleiden. Leider hatte ich Paul vergessen, der auf dem Fußboden mit dem Lötkolben an meiner Box arbeitete. Leicht bekleidet und schreiend stolperte ich über ihn. So toll sah meine Unterwäsche wirklich nicht aus. Er sollte wegsehen, damit ich mich in

Ruhe ankleiden konnte. Trotz anfänglicher Pannen wurde es ein schöner Nachmittag. Nach überschwänglichem Abschied sollte die Heimfahrt angetreten werden. Paul stand wohl auch etwas neben sich, denn er übersah mit seinem goldenen Manta unsere Gartenmauer. Knirschend fraß sich der Beton in das Blech des Fahrzeugs. Der Freundschaft tat dieser Tag keinen Abbruch. Nur haben wir gelernt, unsere Gefühle weniger zerstörerisch auszudrücken. Man wird ja auch im Laufe der Jahre ruhiger.

Chaos im Kopf

Nun bin ich ein sehr gefühlsbetonter Mensch. Auf meiner Gefühlsskala gibt es nur ganz oder gar nicht. Von Null auf Hundert, ungebremst in den Abgrund. Was sind schon Zwischengefühle wie eine kleine Wut? Das Mittelmaß findet bei mir nicht statt. Wenn es nun um elementare Dinge geht, ob mich der Mann meiner Träume im Klassenzimmer wirklich angelächelt hat. Oder sein Blick eher meiner Freundin galt, die neben mir sitzt, kann das bei mir schon mal zu einer Totalverwirrung führen, die dann über mehrere Tage anhält. So konnte ich teilweise wegen eines

Vielleicht-Blickes dem Unterricht monatelang nicht folgen.

Man muss sich meinen Kopf wie einen Apothekerschrank mit vielen kleinen Schubladen vorstellen. In jede Schublade wird ein Gedanke gepackt. Wenn man sich jetzt noch vorstellt, dass die Schubladen in den Farben des Regenbogens gestaltet sind, habe ich schon einen ziemlichen Farbwirbel in meinem Kopf. Und, wenn die Gedanken, dann durcheinander gehen, dann entwickelt sich alles zu einer großen Farbspirale. Dann sitze ich ziemlich planlos auf dem Fußboden meines Jugendzimmers im Schneidersitz und versuche meine Gedanken zu ordnen, und meine Gefühle etwas herunter zu kühlen. Manchmal habe ich mir dann die Gitarre gegriffen und ein paar wehmütige Lieder geschrieben. Damit konnte ich mich allerdings nur kurzzeitig beruhigen. Meine Energie musste raus. Ich musste die Wut abbauen. Das ging nur durch Energieverbrauch. Ich blickte mich also in meinem Zimmer um und beschloss, durch Umstellen der Möbel etwas mehr Raum zu gewinnen. Mein Zimmer war aber auch klein. Da müsste doch was möglich sein. Ich schob also die Kleinmöbel in die eine Zimmerecke und bewegte meine Stereoanlage in die andere Ecke. Raumgewinn hatte ich nicht erzielt, sondern nur ein sehr großes Chaos erzeugt. Wieder saß ich planlos auf dem mittlerweile bedeutend kleiner gewordenen Fußboden. So ungefähr musste es in meinem Kopf aussehen. Alles durcheinander und nichts erreicht. Nur meine Kräfte ließen nach. Ich hatte mich ausgepowert. Aus meinem linken Auge löste sich eine einsame Träne und kullerte langsam meine Wange hinunter. Mein Vater spürte wohl meine Verzweiflung und räumte mit mir mein Zimmer auf. Bei dem Chaos in meinem Kopf konnte er mir nicht helfen.

Abiball

Irgendwann neigt sich auch die Schulzeit dem Ende und wird mit einer großen Feier- dem Abiball-abgeschlossen. Dazu kauft man sich ein atemberaubendes Ballkleid, lässt sich Locken in die lange Mähne drehen und schminkt sich, als gäbe es kein Morgen. Schließlich soll sich der Tag für immer in die Erinnerung brennen und unvergesslich bleiben. Das Outfit ist super, die Frisur sitzt. Die Highheels vollenden die perfekte Erscheinung. Der Abend könnte perfekt sein, wäre da nicht das große Problem, keinen Freund zu haben. Mannlos auf einen Ball zu gehen, ist schon eine große Schmach. Neidisch schielt man zu den Freundinnen, deren Kleider nicht so perfekt sitzen und die auch keinen Partner an ihrer Seite haben. Fühlt nur das eigene Pech. Leider sieht man nicht, dass viele in derselben Situation sind. Man eigentlich aufgrund der äußeren Erscheinung sogar ein wenig besser dran ist. Da hilft auch nicht die Liveband, die wirklich gut spielt. Da hilft auch nicht das große Buffet, das eigentlich perfekt ist. Man suhlt sich in seinem Elend und fühlt sich alleine schlecht, in mitten der Menschen. Selbst der Sekt, der zur Entspannung genossen wird, trägt nicht zur Entspannung bei. Er wirkt einfach nicht und stellt die Realität nicht mit einem

Weichzeichner dar. Der Abend wird schon zu Ende gehen und zu Hause wartet das Bett, in das man sich verkriechen kann. Sich verstecken kann vor der bösen Welt und all den Ungerechtigkeiten. Als dann die Zeit des Aufbruchs kommt, und ich mich in Richtung Ausgang über die Tanzfläche bewege, steht er da auf der Empore. THOMAS!!! In seinem dunklen Anzug, die blauen Augen wie zwei Scheinwerfer auf mich gerichtet. Unendlich traurig sein Blick, unendlich allein. Wir waren zwei Jahre zusammen in der Oberstufe und haben uns aus der Ferne betrachtet. Nur Blicke, nie ein Gespräch. Doch der letzte Blick war entscheidend. Aus uns hätte etwas werden können. Das war mir wichtig. Ich war nie allein. Auch nicht an diesem Abend. Beschwingt trete ich den Heimweg an und spüre noch diese unendlich blauen Augen, die mir folgen.

Ein wichtiges Date

Einmal im Jahr gibt es einen Abend, der mir sehr wichtig ist. Meine Lieblingsband veranstaltet einen Oldieabend. Pomade und Pettycoat sind Pflicht. Natürlich dürfen auch die spitzen Stöckelschuhe mit den Pfennigabsätzen aus den 1950er Jahren nicht fehlen. Die Frisur sitzt, und es ist mir immens wichtig, gerade an diesem Abend pünktlich zu erscheinen, um die Party in ihrer ganzen Länge genießen zu können. Mein Freund holte mich zeitnah und dem Anlass entsprechend angezogen ab. Eigentlich sollte dem großen Ereignis nichts im Wege stehen. Mein Tanzbein war im Auto schon ganz aufgeregt. Ich freute mich einfach wahnsinnig auf den Abend. Mein Freund ging meinetwegen mit. Konnte er doch der Band und dem ganzen Gehopse nicht so viel abgewinnen. Egal, wir waren unterwegs zur Party. Es waren nur ein paar Kilometer zur Veranstaltung. Konnte doch eigentlich nichts mehr schiefgehen, oder? Auf einmal tauchte in der Dunkelheit das riesige Hinterteil eines Pferdes auf. Wir befanden uns in einer ländlichen Gegend, daher an sich nichts Ungewöhnliches. Nur, dass das Pferd in der Dunkelheit allein unterwegs war. Ich hatte nur die Party und das schnelle Fortkommen im Kopf. Mein

Partner allerdings vorrangig die Rettung und Heimkehr des Tieres. Da interessierte ihn weder mein perfektes Outfit, noch die Frisur, geschweige denn meine Vorfreude.

Er parkte den Wagen am Seitenstreifen und machte sich mit der Umgebung vertraut. Fußläufig begab er sich zu den umliegenden Höfen, ob möglicherweise jemand sein Pferd vermisse, das sich auf der Straße befände? Rege Betriebsamkeit herrschte nun in der nächtlichen Umgebung. Ställe wurde durchsucht, Koppeln aufgesucht, die Telefone klingelten in der Nachbarschaft. Ich saß im Auto und fror. Meine Frisur wurde fad, die Füße taten weh, ohne getanzt zu haben. Von meinem Freund keine Spur. Er wollte das Pferd retten und nicht die Freundin. Der Tanz hatte längst begonnen. Die besten Plätze waren besetzt, die ersten Tänze getanzt. „Pretty Woman" und Smokies „Alice" liefen ohne mich. Wenn seinem Partner ein Pferd wichtiger ist als die Freundin, dann sollte man sich Gedanken machen.

An der Tankstelle

Mit dem Erlangen des Führerscheins war ich dann auch im Besitz meines ersten Autos. Ein über 20 Jahre alter froschgrüner Fiat, den ich Fritz getauft hatte. An sich wollten wir viel unterwegs sein, doch Fritz hatte so seine Probleme. Abgesehen davon, dass man bei Regen mit Gummistiefel fahren musste, weil sich im Fußraum ein See bildete, blieb er auch gerne mal an der Ampel stehen oder vergaß das Bremsen. So fuhren wir ungebremst in so manche gut befahrene Kreuzung. Doch wenn er gut drauf war, funktionierte er auch und wir konnten schon mal zum Shoppen nach Osnabrück fahren. Nun hatte das kleine Auto auch nur einen kleinen Tank und wir steuerten die nächste Tankstelle an. Fritz war eine imposante Erscheinung, grasgrün und mit viel Chrom verziert. Gerade in dieser Region ein absolut exotisches Auto. Dazu kam ich als Fahrerin angezogen wie in den späten 1960ern. Wir waren schon ein cooles Paar. Bei Fritz war auch alles anders. Die Türen wurden anders herum verschlossen, der Blinker anders betätigt, alle Schalter funktionierten anders, als bei gewöhnlichen Fahrzeugen. So befand sich auch der Tank auf der linken Seite. Der Tankverschluss ließ sich gegen den Uhrzeigersinn öffnen. So stand ich ziemlich hilflos an der Zapfsäule und versuchte, mein Fahrzeug zu betanken. Ein schnittiger Mittvierziger in einem dunklen Mercedes Cabriolet bot Hilfe an. Er knackte den Tankverschluss und flößte Fritz den notwendigen Lebenssaft ein. Danach verabschiedete er sich, stieg in sein Fahrzeug und fuhr mit geöffnetem Tank auf die Straße. Sein Tankdeckel lag noch auf der von ihm genutzten Zapfsäule. Ich zahlte meinen Kraftstoff und fuhr hupend und winkend hinter ihm her, wollte ihn zur Umkehr bewegen. Doch er sah es nur als Kompliment einer jungen Frau an, die sich überschwänglich bei ihm bedanken wollte. Hoffe, er und sein Fahrzeug haben ihr Ziel problemlos erreicht.

Fritz II

Wie beschrieben musste mein alter Wagen mehr geschoben werden, als er überhaupt fuhr. Auch der See im Fußraum störte irgendwann. Wollte man doch nicht immer mit Gummistiefel fahren. Irgendwann trennte uns dann der TÜV. Es war ein trauriger Abschied an einem trüben Dezembertag irgendwann in den 1990ern. Geblieben sind mir noch eine Radkappe aus Chrom, ein Bild an der Wand und eine unendliche Traurigkeit. War dieser grüne Wagen doch mehr als nur ein Fahrzeug für mich.

Im vergangenen Jahr habe ich im Internet ein ähnliches Auto

gefunden, dass die Lücke in meinem Herzen nach so vielen Jahren der Entbehrung wieder schließen könnte. Das Fahrzeug stand in einem kleinen Ort in der Nähe von Berlin. Nach Kontaktaufnahme und Preisverhandlungen einigte ich mich mit dem derzeitigen Eigentümer auf den Tag der Geschäftsabwicklung und Fahrzeugübernahme. Wir packten also einen Picknickkorb und liehen uns und einen großen Anhänger, den wir hinter unter Fahrzeug spannten. Erwartungsfroh machten wir uns auf die gut 500 Kilometer lange Fahrt. Doch Vorfreude überwiegt natürlich Stau und andere Hindernisse.

Nach sechsstündiger Fahrt kamen wir etwas verschwitzt, aber doch gespannt, in einem kleinen Ort in der Nähe von Berlin an. Er bestand aus ungefähr zehn Bauernhöfen und der zehnfachen Anzahl an Kühen. Wir machten den Hof unseres Verkäufers aus und gingen zur Fahrzeugbesichtigung über. Der Wagen stand in einer Scheune neben einem alten Traktor. Beide waren mit Stroh überschüttet. Eine Hühnerfamilie mit stolzem Gockel hatte die Fahrzeuge in Besitz genommen. Im Stroh befanden sich frischgelegte Eier. Das Federvieh beschwerte sich gackernd, als das Auto den Stall verlassen sollte. Auch der Traktor schaute traurig mit seinen Scheinwerfern. Hatten sich die beiden Fahrzeuge doch wohl angefreundet. Egal, der Wagen kam ans Licht und wurde auf den Anhänger gefahren. Ich setzte mich hinter das Steuer unseres Autos und schaute ständig in den Rückspiegel, dass sich unser Neuerwerb ja nicht vom Hänger lösen möge. Ich hatte noch nie einen Wagen mit Anhänger gefahren, schon gar nicht beladen mit einem weiteren Fahrzeug darauf, auch nicht auf einer vielbefahrenen Autobahn. Aber, wenn man sich einen Herzenswunsch erfüllt, erhält man die Flügel dazu vermutlich auch sofort. Ich jedenfalls fühlte mich verdammt gut. Zu Hause holten wir das Auto direkt vom Anhänger und machten eine kleine Spritztour. Aus dem Gebläse flog uns Stroh in die Gesichter. Wir mussten lachen. Den Wagen konnte man sogar ohne Gummistiefel fahren.

Sport

Wenn ich etwas wirklich bin, dann sportlich. So sollte mich diese Leidenschaft eines Tages in einen Reitstall führen, in dem meine Freundin ein Pferd betreute. Täglich verbrachte sie Stunden bei den großen Vierbeinern und liebte sie und ihren Geruch heiß und innig. Für sie gab es nichts Schöneres als auf dem Rücken des Pferdes in die Natur zu reiten. Dass man sich dazu mit der nötigen Reitkleidung samt Stiefel und Kappe ausstatten sollte, fand sie sogar schick. Da ich über solche Kleidungsstücke nicht verfügte, hat sie mir eine Ausrüstung großzügig geliehen. Wir standen dann nun in kompletter

Reitkleidung im Stall und mir wurde ein Pferd angeboten, das angeblich sehr ruhig sein sollte. Schon der Aufstieg, das Aufsitzen wie es in der Fachsprache heißt, bereitete mir einige Schwierigkeiten. Wo war die Leiter? Wie machten es die anderen, und warum war das Pferd so groß? War ich hier wirklich richtig? Was tat man nicht alles aus Freundschaft. Mit dem linken Fuß erfasste ich irgendwann den Steigbügel. Meine Freundin schob mich über den Pferderücken. So gelangte irgendwann auch mein rechter Fuß über das Pferd in die sichere Halterung. Hätte ich doch bloß ein Pony gehabt oder wären wir

Schwimmen gegangen. Irgendwie stieg allmählich Panik in mir auf, obwohl an sich noch nichts passiert war, hätte ich das Abenteuer hier schon beenden können. Doch es sollte erst losgehen. Mit dem Zügel sollte man das Tier angeblich steuern können und mit kleinen Befehlen, die man ihm ins Ohr flüsterte. Das Pferd, auf dem ich saß, hörte entweder schwer oder verstand mich nicht. Meine Freundin hingegen trabte schon längst über die Felder. Sie hatte das Aufsitzen sogar ohne Hilfe geschafft. Irgendwie hatte sie vermutlich ein besseres Pferd erwischt. Es konnte doch schließlich nicht an mir liegen, dass sich mein Tier gar nicht bewegte, oder? Egal, irgendwann schien es mich doch erhört zu haben, und setzte sich in Bewegung. Aber, nicht in elegantem Trab, damit wir uns langsam aneinander gewöhnen konnten, sondern im Galopp ging es über den Acker. Wir flogen durch die Ackerfurchen und nahmen eine Kurve, ohne die Geschwindigkeit zu reduzieren. Ich konnte das Pferd nicht erreichen. Es machte, was es wollte. So flog ich in der Kurve über den Pferdekopf in den Acker, wobei mein Bein im Steigbügel hängen blieb. Der Rest meines Körpers war eins mit dem Boden. Das Erdreich hatte mein Gesicht überkrustet. Ich hatte Erdschollen im Haar. Von den Schmerzen ganz zu schweigen. Das Pferd wandte seinen Kopf in Richtung Boden. Ich hatte den Eindruck, dass es mich auslachte.

Skifahren

Alle schwärmten vom Skifahren, ich eher vom Après Ski. Stehe ich doch auch deftige Kost, die man in Ruhe mit Glühwein oder Jagertee hinunterspült, während man sich von musikalischer Untermalung in Ruhe treiben lässt. Doch wie soll man mitreden können, wenn man noch nie auf den Brettern gestanden hat? Gehörte es nicht auch irgendwie zur Allgemeinbildung, irgendwann am Wintersport teilgenommen zu haben? Das Glühweintrinken beherrschte ich schon. Aber reichte es aus für gepflegte winterliche Gespräche in der Peergroup? Ich hatte irgendwann dann das Gefühl, diese Bildungs-

und Erfahrungslücke auch schließen zu müssen, und mich auf die Bretter zu begeben. Dazu steuerte ich mit meiner Familie die nahegelegene Skihalle an. Direkt einen Skiurlaub zu buchen, schien dann doch ein wenig übertrieben. In der Halle erwarteten uns dann reihenweise Skischuhe. Allein das Anziehen, erforderte schon mein ganzes Können. Ich fühlte mich unbeholfen, als hätte ich Klötze am Bein. Dabei hatte ich die Skier noch gar nicht angeschnallt. Wir bekamen auch Verpflegungscoupons für die angrenzende Gastronomie. Also gönnten wir uns zunächst einen Kaffee, um die Nerven zu beruhigen. Natürlich hätten wir an einer Einführung teilnehmen können. Doch durch viel Fernseherfahrung bei den Winterspielen, hielt ich mich automatisch für eine Autodidaktin. Bei Problemen sollten sich außerdem die Skier lösen, so dass Verletzungen nahezu unmöglich sein sollten. Wir begaben uns nun auf die Kunsteispiste für die Anfänger. Stundenlang so kam es mir vor, bewegten wir uns in einer kleinen Mulde nur wenige Meter vor und zurück. Nach einer ausgiebigen Mittagsrast- die Verpflegung war wirklich gut- fuhren wir wieder in der Mulde auf und ab. Das kann es doch nicht sein? Das ist doch kein

Skifahren. So beobachtete ich ein wenig neidisch, wie sich viele Sportler an einem Seil einen kleinen Hang hinauf ziehen ließen, um ihn dann geschmeidig herabzufahren. Lange schaute ich mir die Strecke und die Fahrer an. Plötzlich sprach mein innerer Schweinehund zu mir, dass ich diesen Minihügel doch wohl auch bewältigen könne. Er sei nicht steil, es wären nur ein paar Meter und außerdem hätte ich lange genug zugesehen. Den Hüftschwung hätte ich perfekt drauf, wäre auch Herrin meiner Skier. Aufgrund dieses Selbstlobes hängte ich mich dann auch siegessicher ans Seil und ließ mich die paar Meter, so sah es für mich aus, hinaufziehen. Oben angekommen begab ich mich in Position und bereitete die gesicherte Abfahrt vor. Der Hügel war von oben gesehen dann doch ein wenig steiler und ich nahm ungewollt Fahrt auf. Aber irgendwie war mir der elegante Hüftschwung entfallen. Ich war da eher hüftsteif. Auch kam die Bande, an der ich zum Stehen kommen sollte, gefährlich nahe. Sie war durch rotes Flatterband gekennzeichnet. Laut rufend schoss ich auf die Bande zu, ungebremst. Die anderen Fahrer hielten gebührend Abstand. So war ich die einzige, die Hals über Kopf in die Absperrung gefahren war. Ich war eins mit dem

Flatterband und hatte mich darin verheddert. Ein Ski war noch am Fuß, der in einem unnatürlichen Winkel abstand. Meine Pudelmütze hatte mich auch verlassen. Fleißige Helfer befreiten mich aus meiner misslichen Lage. Es war kein Bruch, sondern nur ein paar blaue Flecke und ein gehöriger Schreck, mit dem ich davon kam. Irgendwie bestätigte sich wieder meine eingängige Vermutung: Après Ski lag mir eindeutig mehr.

Kochen

Kochen kann ich eindeutig als eine meiner Fähigkeiten hervorheben. Doch nicht nur am Herd, sondern auch mit dem Backofen kenne ich mich wirklich aus. Ich möchte mich eindeutig als erfahrene Hausfrau bezeichnen, denn dieses Aufgabenfeld liegt mir wirklich.

So benutze ich natürlich kein Kochbuch. Profis brauchen keine Anleitung. Da kommen eine ganze Menge Erfahrung und Gefühl ins Spiel, die sich dann in den Gerichten ausdrückten. Auch ist jedes Gericht und somit jede Mahlzeit einzigartig. Gekocht wird intuitiv und gewürzt ebenfalls. Getoppt wird alles mit den

Kräutern der Provence. Diese Mischung darf bei keiner Speise fehlen, außer vielleicht bei Süßspeisen. Da mache ich gerne eine Ausnahme.

So sind auch gerade meine Suppen oder Soßen einzigartig. Sie werden individuell danach gestaltet, was sich gerade im Kühlschrank befindet. Da können sich schon mal Ketchup, Mayo und Senf mit ein wenig Schmand in einer Soße verbinden. Suppen bieten auch eine gute Grundlage zur Resteverwertung. So kann man nach einem gelungenen Racletteabend eine feurige Partypuppe zaubern. Natürlich ist diese einmalig in ihrer Rezeptur. Ist man sich wegen der

Bekömmlichkeit nicht so ganz sicher, lädt man Gäste ein, zu denen man nur aus Höflichkeit Kontakt hält. Vielleicht erledigt sich dann mit ein bisschen Glück diese aufgezwungene Förmlichkeit von selbst. Ich konnte da einige Erfolge verzeichnen!

Backen

Das Backen ist natürlich auch eine Fähigkeit, die ich wirklich beherrsche. Da kann ich nicht ganz auf eine Anleitung verzichten. Ich benutze schon ein Backbuch. Die Zutaten sollten schon stimmen und auch die Mengenangabe. Nun bin ich ein Fan von Käsekuchen. Aber nicht nur von dem Herkömmlichen, den schon meine Oma mit viel Erfolg und sogar ohne Backbuch gezaubert hat. Nein, mir schwebt da eher eine Käse-Sahne-Torte vor, die nicht nur optisch schön, sondern auch geschmacklich einzigartig sein soll. Überzogen mit einer zarten Puderzuckerschicht ist sie die Zierde auf jeder Kaffeetafel. Nun erfordert diese spezielle Torte auch besondere Aufmerksamkeit. Die mit Gelatine angerührte Quarkcreme wird in eine Edelstahlspringform gefüllt und zum Kühlen für mehrere Stunden in den Kühlschrank gestellt. Der große Moment kommt dann, wenn die Form entfernt wird und die Quarkmasse ihre Festigkeit erreicht haben soll. Ich decke nun den Tisch festlich. Wir erwarten Gäste zum Kaffee. Alles soll einfach perfekt sein. Der Kaffee verbreitet schon sein volles Aroma. Die Gäste haben erwartungsvoll und hungrig Platz genommen. Ich stelle die Torte mitten auf den Tisch und entferne den Schutzring. Schon bewegt sich die Quarkmasse zielgerichtet in Richtung Tischdecke. Da hatte mich die Gelatine wohl im Stich gelassen. Die Torte sah aus wie ein Maulwurfshügel. „Wenn sich jeder einen Löffel nimmt und wir ganz schnell essen", war ein Vorschlag. Mir ist klargeworden: Nächstes Mal gibt es Omas Käsekuchen. Den kann man dann ganz in Ruhe und von seinem eigenen Teller essen. Wer braucht schon Dekadenz zum Kaffee...

Spülen

Natürlich gehört nach dem Kochen auch der Abwasch dazu. Eine Aufgabe, die mir nicht wirklich liegt und mich mit Freude erfüllt. Doch natürlich muss auch diese Arbeit erledigt werden. Dazu sorgt man in der Küche für Gemütlichkeit. Man legt eine gute CD ein und stellt den Player auf die gewünschte Lautstärke. Wohlfühlmusik. Dazu ein paar gewagte Tanzschritte, ein paar sichere Töne. Schließlich singt es sich gut mit seinem Star im Duett. Nun das schmutzige Geschirr in die Spüle geladen und den Hahn aufgedreht. Schon kann die Gesangs- und Tanzeinlage vertieft werden. Ach, ging da nicht in der

Ferne das Telefon. Schnell ran, könnte ja wichtig sein. Ich schließe die Küchentür und begebe mich ins Büro. In der Küche ist es nun wirklich zu laut. Da versteht man ja sein eigenes Wort nicht. Zum besseren Verständnis des Gesprächsteilnehmers wird auch die Bürotür geschlossen. Ich setze mich in den Bürosessel, lege die Füße auf den Schreibtisch und lausche in aller Ruhe den Ausführungen meiner Freundin. Es geht doch nichts über einen gemütlichen Plausch unter Frauen. Die Küche und meine Spülabsicht sind längst vergessen. Das Wasser bahnt sich seinen Weg in den Küchenschrank und lässt Haushaltsgegenstände in einem sanften Strom schwimmen. Durch eine Öffnung im Küchenboden findet es auch ganz leicht seinen Weg in den Keller. Und es läuft ganz entspannt von Raum zu Raum. Das Gespräch mit der Freundin war dann doch ein bisschen ausführlicher. Natürlich um einiges kürzer als die Aufwischarbeiten im Keller. Mir ist klar geworden. Multitasking ja, aber als Frau ist man auch nur ein Mensch!

Einkaufen

Wenn man einen eigenen Haushalt führt, muss man zwangsläufig auch einkaufen. Eine Aufgabe, die mich nicht unbedingt mit Freude erfüllt. Es geht nicht nur darum, zu Hause eine Bestandsaufnahme der vorhandenen Lebensmittel zu machen, um daraus dann die Liste der Fehlbestände herauszuarbeiten. Nein, das Problem ist durchaus vielschichtiger. Sollte man tatsächlich den Fehlbestand ordnungsgemäß erarbeitet haben und bis auf wenige Dinge, die einem kurz entfallen sind, alles auf dem Zettel haben, besteht eine weitere Hürde im Transport besagten Einkaufszettels. Es ist eine Herausforderung, diesen entweder in den Einkaufskorb oder ins Portemonnaie zu befördern. Sollte er sich dann wirklich auf dem Weg ins Einkaufszentrum befinden, kann er auch gerne mal im Fahrzeug verloren werden. Es gibt so viele schwarze Löcher im Auto und was da schon alles verschwunden ist. Also, sofern die Einkaufsliste es wirklich bis zum Einkaufszentrum geschafft hat, muss sie vor Ort systematisch abgearbeitet werden. Es ist elementar, sie von oben nach unten durchzugehen. Schnell können sonst wichtige Erledigungen unerledigt bleiben. Da muss wirklich die gesamte

Aufmerksamkeit auf den Zettel gelegt werden. Es empfiehlt sich, die gesamte Konzentration genau auf diesen Moment zu legen und den Einkaufswagen gezielt zu füllen. Natürlich wird von Gang zu Gang der Wageninhalt mit der Liste verglichen. An der Kasse kommt schon leichte Panik auf. Was der Vordermann da so alles auf das Band legt. Interessant! War bestimmt im Angebot! Hätte man auch kaufen können. Auf dem Weg zum Auto wird schockmäßig klar, welche Fehlteile sich noch im Supermarkt befinden. Es sind so zwei, drei Dinge des täglichen Bedarfs, die ich wirklich vergessen habe. Na ja, es gibt immer ein nächstes Mal. Vielleicht klapp es dann besser mit dem Einkauf.

Nun muss noch das Auto auf dem überfüllten Supermarktparkplatz gefunden werden. Mit dem vollen Einkaufswagen halte ich nach meinem Auto Ausschau. Zunächst stelle ich mir die Frage, nach welcher Farbe ich suche. Bin ich nun mit dem blauen oder dem grauen da. Der Blaue wäre einfacher zu finden. VW Käfer in hellblau sind doch eher selten. Aber nein, es ist der graue. Und fast jedes Fahrzeug auf dem Parkplatz ist grau. Heute klappt aber auch wieder gar nichts. Die Tiefkühlkost taut schon ganz langsam auf, von meinem Auto keine Spur. In Gedanken stelle ich unser Mittagessen zusammen: Erbsen mit Vanilleeis!

Telefonate

Dass Frauen gerne reden, natürlich bevorzugt auch am Telefon, ist sicherlich kein Geheimnis. Da kocht man sich in Ruhe einen Tee, legt sich entspannt aufs Sofa, ruft einen Lieblingsmensch an, und redet in aller Ruhe. Da kann sich schon mal die Sonne senken und die Dämmerung einsetzen. So ein Gespräch dauert. Wenn der linke Arm müde wird und das Ohr qualmt, dann wechselt man Arm und Ohr. Schließlich hat man nicht umsonst zwei. Wenn man dann nach einigen Stunden wirklich zur Toilette muss, sollte man das Gespräch beenden oder bei großer Dringlichkeit später noch mal anrufen.

Nun gibt es aber auch Telefonate mit Menschen, die man nicht unbedingt braucht, die nicht gut tun. Die später ein Glas Wein oder eine Schmerztablette erforderlich machen. Das kann entweder an der anrufenden Person, an deren Stimme oder an beidem liegen. Dann hat man eine schwierige Zeit vor sich, nicht nur für die Ohren. Nun soll man ja mit Blumen sprechen, damit sie gut gedeihen. Ich habe da so eine Taktik entwickelt. Sollte ich ein Gespräch mit einer Person am Telefon führen müssen und komme aus Höflichkeit nicht aus der Nummer raus, lege ich den Hörer in Ruhe auf die Blumenfensterbank. Meine Gesprächsteilnehmerin redet sowieso ohne Punkt und Komma. Wie sie dabei atmet, ist mir ein Rätsel. Ich sitze dann am Küchentisch und werfe gelegentlich ein „Ach wirklich, na sowas" ein, was offensichtlich dazu beträgt, den Redefluss weiter anzustacheln. Nun sehe ich mit Schrecken, dass mein Gummibaum die Blätter hochklappt, mein Benjaminie die Blätter verliert und der Weihnachtsstern seine Farbe. Von wegen, sprich mit den Blumen. Ich sehe sie leiden. Sie gehen vor meinen Augen ein. Kann ich das verantworten? Natürlich nicht. So habe ich mir angewöhnt, den

Telefonhörer mit in meine Hausarbeit einzubeziehen. Ich lege ihn beim Kochen neben den Herd, beim Putzen auf den Tisch und hauche gelegentlich ein „hmmm" in die Leitung. Nur Staubsaugen gestaltet sich ein wenig schwierig.

Sammeln

Nun hat sicherlich jeder Mensch ein Hobby oder eine Leidenschaft. Meins ist das Sammeln von Teddybären. Es gibt sie in jeder erdenklichen Form und Farbe, aus jedem Land, in jeder Größe, in jedem Alter. Es gibt sogar spezielle Messen, bei denen man Gleichgesinnte zum Austausch treffen kann. Dort werden Bären aus der ganzen Welt angeboten in jeder Preislage, für jeden Geschmack. Natürlich dürfen auch die nötigen Accessoires nicht fehlen. Da lacht das Sammlerherz. Plüschtiere, die auf manchem Dachboden oder in einem Keller ihr trostloses Dasein gefristet haben, werden entstaubt an schön dekorierten Tischen angeboten. Und was es da für Schnäppchen gibt! Drei zum Preis von zwei Exemplaren, wobei man natürlich über den Einzelpreis gar nicht nachdenken darf. Egal, das Sammlerherz lacht und man greift beherzt in die Geldbörse. Schließlich findet so ein Ereignis nicht so häufig statt. Und die Angebote sind wirklich einmalig. Wenn man sich also dieser Sammelleidenschaft hingibt, kommen im Laufe der Jahre schon einige Exemplare zusammen, die in der Wohnung dann auch ein eigenes Zimmer beanspruchen. Sie sollen schließlich nicht überall herumsitzen, sondern sich mit ihren Teddykumpeln in einem

Zimmer austauschen können. Nun sind Plüschtiere allgemein Licht empfindlich. Sie müssen vor direkter Sonneneinstrahlung geschützt werden. So werden die Jalousien im Teddyzimmer praktisch nie hochgezogen.

Wenn nun ein Feiertag ansteht, wissen die Herzensmenschen natürlich schon, was sie schenken dürfen, nämlich einen weiteren Teddyschatzi. Sie kommen aus aller Welt. Bären jeden Alters und aus allem erdenklichen Material sitzen in Regalen, auf Sesseln, im Wagen, auf dem Dreirad, im Schaukelstuhl und blicken mit ihren Glasaugen in die Dunkelheit. Auch sitzen einige besonders schöne Exemplare an einer

Kaffeetafel mit Porzellanpuppengeschirr. Wenn man sich leise ins Teddyzimmer schleicht, hört man ihr leises Brummen und das Klappern von Geschirr.

Hört sich alles ganz gut an, nur, nach jahrelanger Sammelleidenschaft ist der Raum wirklich voll. Da teilen sich schon mal drei oder vier Bären einen Stuhl. Der ehemals leere mit Teppich ausgelegte Fußboden beherbergt auch alle erdenklichen Bären, Rasseln, Bauklötze, Puppengeschirr. Kurz: Er ist voll!!! Es gibt nur noch einen schmalen Gang, der vom Zimmereingang zum Fenster führt, um gelegentlich zu lüften. Es ist wirklich kein Platz mehr für weitere Teddyschatzis. Und ich bin die einzige, die es perfektioniert hat, quasi auf einem Bein zum Fenster zu gelangen, mich dort um die eigene Achse zu drehen und einbeinig hüpfend das Zimmer zu verlassen. Es ist auch sonst in der Wohnung kein Platz mehr für die zotteligen Schmusebären. Ich bin verzweifelt. Weiß nicht weiter! Hätte ich doch Briefmarken gesammelt.

Klavier

In jedem gut situierten Haushalt sollte sich ein Instrument befinden, nach Möglichkeit ein Klavier, damit es auch jeder Besucher sehen kann. Reichtum und auch Intelligenz paaren in diesem Dekorationsstück. Es sollte auch gut sichtbar aufgestellt sein. Bei uns steht es direkt im Flur. Bevor sich nun jemand zu uns an den Kaffeetisch setzen kann, passiert er erst den Flur mit seinem imposanten Instrument. Es sieht nicht nur dekorativ aus. Es macht auch was her. Unser Klavier ist über 100 Jahre alt und schön verziert. Auch der mit Samt überzogene Hocker passt prima in die Gesamtumgebung. Eine

Augenweide. Wie wir es nutzen? Ob es auch jemand wirklich beherrscht, sich mit den schwarzen und weißen Tasten wirklich auskennt? Sicher! Gelegentlich erklingen schon ein paar Melodien durch das Treppenhaus. Doch in erster Linie nutzen wir es als Ablageplatz für diverse Kleinteile wie Nähzeug, Handy, Sonnenbrille, Autoschlüssel und Einkaufszettel. Werkzeug wie Schraubenzieher und Hammer, Klebeband und Nägel werden auch gerne abgelegt. Für die frischgewaschene Wäsche eignet sich besonders der Klavierhocker als Zwischenstation, bevor sie im Schrank landet. Auch Schuhe werden gerne unter dem Klavier geparkt, wobei Schal, Mütze und Handschuhe oben abgelegt werden. Und wenn Besuch kommt? Dann strahlt das Instrument staubfrei den Besuchern entgegen. Man will doch schließlich zeigen, was man hat!

Kinder

Irgendwann stellt sich natürlich auch die Frage, ob man sich Kinder anschaffen möchte. Das ist sicherlich eine weitreichende Entscheidung, denn im Gegensatz zu einem Urlaub, den man kurzzeitig genießt oder einem Paar Schuhe, das man nach geraumer Zeit auf dem Flohmarkt anbietet oder auch gerne hinten im Schrank liegen lässt, weil das Wetter nicht passt, begleiten Kinder uns ein Leben lang.

Ich bin Mutter eines supersüßen Sohnes, der in den ersten drei Lebensjahren nicht durchschlafen wollte, weil ihn entweder der Flaschenhunger quälte, ihm einer seiner drei Schnuller abhandengekommen war oder er einfach ein wenig bespaßt werden wollte. So sah ich in seinen ersten Lebensjahren gefühlte 20 Jahre älter aus, als mein biologisches Alter es hergibt. Weiterhin habe ich mir auch ein 20 Kilo schwereres dickes Fell angefuttert, da man mit mehr Körperumfang auch bessere Nerven haben soll. Mich konnte zur der Zeit nur ein Schokoriegel retten, gerne auf zwei. Als mein Sohn dann gegen 19.00 Uhr in sein Kinderbett gebracht wurde, schaffte ich es gerade noch mit letzter Kraft aufs Sofa und hielt mich an einem rettenden Glas Wein fest. Wenn man sich einen Hamster in einem

Rad vorstellt, dann bin ich damals schneller gelaufen. In meinem blassen Gesicht hatten sich tiefschwarze Halbmonde unter den Augen breitgemacht. Haare und Kleidung hingen formlos herab. Aber alles nur eine Frage der Zeit. Das Kind wird schließlich auch größer. Da braucht man nur einen langen Atem und Durchhaltevermögen. Alles wird gut! Da mein Sohn ein Einzelkind ist, ging es mir natürlich darum, sein Sozialverhalten zu fördern, seine Gruppenfähigkeit auszubilden. Er sollte wissen: Du bist nicht allein! Es gibt noch andere mit Windeln bepackte sabbernde Kleinkinder, die biologisch einwandfrei ernährt werden. Während ich also in der Windeltasche Schokokekse und Gummibärchen hatte, stellten die anderen Mütter Gluten freie Dinkelstangen zur Verfügung und warfen mir eisige Blicke zu. Vor meiner Tasche bildete sich regelmäßig eine Traube fordernder Kinder. In unserer Spielgruppe gab es ein Bällebad und andere kindgerechte Spielgeräte, Bauklötze, Malstifte und Puppen. Mein Sohn konnte allem nichts abgewinnen und kümmerte sich eher um die Elektrik. Sein Forschergeist hatte ihn schon früh erfasst und im reifen Alter von zwei Jahren wollte er Handwerker werden. Er trug mit Vorliebe Latzhosen und hatte immer einen Plastikschraubenzieher und einen Zollstock in der Hosentasche. So ließ ihn auch der Forscherdrang in der Spielgruppe nicht los. Es gab so viele Lichtschalter und dazu passende Lampen, die man an- und ausschalten konnte. Die Jalousien waren elektrisch und auch durch Schalter zu betätigen. Eine Leinwand fuhr durch Schalterdruck von der Decke herab. Man konnte alle Schalter der Reihe nach betätigen, wenn man um den großen, in der Mitte des Raumes stehenden, Tisch lief. Angetrieben von Schokokeksen und Gummibärchen lief er raketenähnlich um den Tisch und erforschte die Elektrik.

Herdengleich schlossen sich ihm direkt die neuen Verbleibenden Spielkameraden an. Der Lärmpegel erhöhte sich schlagartig durch trampelnde Kinderfüße. Raupengleich schoben sich die Kinder durch den Raum. Das Licht ging an und aus. Ein Feuerwerk war ein Witz dagegen. Das wurde kombiniert mit sich öffnenden und schließenden Jalousien, während sich geräuschvoll die Leinwand von der Decke senkte. Mir wurde bei einer Tasse zuckerfreiem Kräutertee in der Frauengruppe klar: Das Sozialverhalten meines Sohnes war gut ausgeprägt. Er hatte sogar Führungsqualitäten.

Einkaufscenter

Nun muss man das Sozialverhalten des Nachwuchses auch in einer größeren Gruppe testen. So fuhr ich gerne mit ihm in die nächstgrößere Stadt in ein Shoppingcenter. Konnte man auch gut bei schlechtem Wetter machen und außerdem war ja nur einmal in der Woche Spielgruppe. Nun hat besagtes Shoppingcenter einen Fahrstuhl, den man natürlich nutzen muss, um vom der Tiefgarage in die Ladenlokale zu gelangen. Im Fahrstuhl gibt es nicht nur Knöpfe, die man für die jeweilige Etage drücken kann, sondern auch den Otis-Knopf für eventuelle Störungen. Den hatte mein Sohn natürlich sofort entdeckt. Denn dann sprach eine Stimme im Fahrstuhl mit ihm. Das fand er toll. „Haben sie ein Problem? Kann ich ihnen irgendwie helfen?" Faszinierend! Mein Sohn strahlte. Er fand das cool. Ich musste die Stimme beruhigen. Mein Sohn war enttäuscht. Wir verließen die Fahrstuhlkabine und begaben uns ins nächstgelegene Kaufhaus. Weitere Forschungsmöglichkeiten für meinen Sohn. Sein Hobby war es, den Knopf an jeder Rolltreppe zu finden, und diese dann auszustellen. Und er fand mit gezielter Sicherheit in jedem Geschäft den richtigen Knopf und schlagartig standen nach einander alle Treppen still. Der kleine

Pamperspo bewegte sich zielgerichtet zu Boden. Dort befand sich der Schalter nahe der Rolltreppe und mit einem sicheren Verständnis wurde er gedrückt. Stillstand, wütende Kunden und ein lachendes Gesicht meines Sohnes. Vielleicht wird er Elektriker oder Kundenbetreuer? Beruflich stehen ihm jedenfalls alle Wege offen.

Schwedisches Möbelhaus

Wie schon gesagt, war nur einmal in der Woche Spielgruppe und in dem großen Einkaufscenter waren wir aufgrund des Aufzuges und den Rolltreppen schon bekannt, wenn nicht sogar ein wenig gefürchtet. Also mussten wir neue Wege gehen. Wir fuhren also ein großes schwedisches Möbelhaus an. Das war eigentlich sehr praktisch. Konnte man da nicht nur neue Einrichtungsideen bestaunen und teilweise sogar probewohnen, so gab es auch ein großes Restaurant mit schwedischen Spezialitäten. Man konnte also Einkaufslust und den Hunger stillen. Zunächst steuerten wir also das Restaurant an. Ein

Kaffee würde meinen Nerven gut tun und ein Schokopudding meinen Sohn hoffentlich beruhigen. Natürlich kann man mit knapp einem Jahr seinen Nachtisch schon selber essen. Das machte er auch lautstark mit einem „seeeelllber" deutlich, wobei wir von den anderen Gästen mit großen Augen und offenen Mündern angestarrt wurden. Vorsorglich hatte ich auf dem Tablett zehn Löffel mitgenommen, die wir dann auch tatsächlich brauchten, für einen Pudding. Mein Sohn sitzt also im kaufhauseigenen Kinderstuhl, der ihm einen Ausstieg unmöglich macht. Zu Hause ist er gerne von seinem Stuhl aus auf den

Küchentisch geklettert, was mir so manche Panikattacke einbrachte. Doch besagter Stuhl im Möbelhaus macht ein Herausklettern unmöglich. Vorsorglich haben wir für zu Hause auch einen angeschafft.

Mein Sohn taucht seinen ersten Löffel in den Pudding und stopft ihn beladen in den Mund. Dann landet er auf dem Fußboden. Er greift nach dem zweiten Löffel, belädt ihn, führt ihn zum Mund und wieder landet dieser auf dem Boden. Gut, dass wir noch ein paar haben. Wir genießen die Aufmerksamkeit aller Restaurantgäste. Mit einem lautstarken „seeeellllber" treffen noch viele weitere Löffel auf dem

Fußboden ein. Mein Sohn ist wirklich sehr selbständig und auch wortgewandt. Den zehnten Löffel aber greife ich mir und schiebe ihm die letzten Happen in den Mund. Danach verlassen wir unter totaler Beobachtung das Restaurant und beginnen mit dem Einkauf. Mein Sohn testet jedes Bett, öffnet jeden Schrank. Nur dem hauseignen Kinderland kann er nichts abgewinnen. Er ist da eher praktisch veranlagt, spielen liegt ihm nicht so. Egal, wir gelangten allmählich in die Lampenabteilung, die für ihn das Paradies war. Da gab es Stehlampen, Tischleuchten, Deckenlampen, fürs Bad, Schlafzimmer, Kinderzimmer und

Büro. Und dann die Schalter. Fußschalter, Handschalter oder durch Klatschen. Glühbirnen jeder Art und auch mit Dimmer oder farbigem Licht. Mein Sohn flitzte durch die Abteilung und fand wirklich jeden Schalter. Wieder hatten wir die Aufmerksamkeit aller Kunden. Es war wirklich ein wunderschönes Lichtspiel. Der Junge raste auch unermüdlich laut lachend weiter. Der Schokopudding hatte ihm offensichtlich viel Energie gespendet. Doch der Bummel war noch nicht zu Ende. Hatte ich doch im Auto noch eine Kleinigkeit, die ich umtauschen wollte. So stellten wir uns dann in der Reihe der wartenden Kunden an und zogen eine Nummer. Als diese dann über dem Display einer Kasse erschien, bewegten wir uns mit unserer Umtauschware zu der zuständigen Verkäuferin. Während ich noch nach dem Bon suchte, kletterte mein Sohn über die Taschenablage auf den Verkaufstresen, kroch zum großen dort stehenden Computer und schlug mit der Faust auf die Tastatur. Schlagartig totale Finsternis. Sämtliche Kassen im ganzen Einrichtungshaus gingen aus und so auch die gesamte Beleuchtung. In der Dunkelheit machte sich Unmut breit. Kunden beschwerten sich lauthals. Ich nahm schnell meinen Sohn unter den Arm und verließ das Kaufhaus. In der nächsten Zeit haben wir vorsorglich das Geschäft mit den vier gelben Buchstaben nicht mehr aufgesucht.

Märchenwald

Nun hat ja jede Woche auch ein Wochenende und ein Kind will natürlich auch dann bespaßt werden. Nun hatten wir das Glück, dass sich ganz in unserer Nähe ein Märchenwald befand, indem Figuren aus sehr vielen Märchen ihre eigenen Häuser hatten. Durch Knopfdruck konnte man sie zum Leben erwecken. Die Figuren bewegten sich und von einem Tonband erklang die jeweilige Geschichte. An sich eine spannende und kurzweilige Sache. Man könnte mit einem Picknickkorb ganz in Ruhe von Haus zu Haus gehen, sich auf die dazugehörige Bank setzen und dann die Figuren bestaunen und dem Märchen lauschen. Das wäre aber zu einfach. Mein Sohn hatte da ganz andere Vorstellungen. Er untersuchte jedes Märchenhaus und stellte Fragen über Fragen: Wie sind die Figuren da rein gekommen? Wie bewegen sie sich? Wo ist das Tonband? Wo ist die Lichtschranke, die die Figuren in Bewegung setzt? So kann es schon mal vor, dass wir den gesamten Märchenwald dreieinhalb Mal durchliefen. Natürlich in einem Riesentempo und ohne Pause. Und der Wald hatte Steigungen. Ich machte Bestechungsversuche mit Eis oder Pommes. Keine Chance. Erst mussten alle technischen Raffinessen aufgedeckt werden.

Nun waren die Figuren in den jeweiligen Häusern schon etwas älter. So kam es vor, dass sich ein Hut vom Kopf einer Figur gelöst hatte, das Licht in einem Haus nicht mehr brannte oder sich ein Arm einer Figur nicht mehr bewegte. Mein Sohn stellte alle diese Mängel fest und merkte sie sich. Während sich andere Kinder auf den verschiedenen Spielplätzen amüsierten und die Mütter in aller Ruhe ihren Kaffee schlürften, suchte ich mit meinem Sohn die Mitarbeiter des Märchenwaldes auf, damit er ihnen die nötigen Reparaturarbeiten mitteilen konnte, die diese bitte umgehend ausführen mögen.

Ich hatte darum gebeten, meinen Sohn als Gerätewart einzustellen. Man teilte mir mit, dass Zweijährige noch nicht arbeiten dürften. Auch eine Dauerkarte für uns wurde abgelehnt. Mein Sohn hätte jeden Sonntag die Mängel auch umsonst aufgezeigt. Dass er sogar kostenlos die betriebseigene Bimmelbahn repariert hatte, als er sich seine Jeans und sein Shirt mit Öl beschmiert hat, als er unter die Lok kroch, führte auch zu keiner langjährigen Geschäftsbeziehung.

Traktorfahrt

Schwierig war für mich die Zeit, als mein Sohn Landwirt werden wollte. Er war von Traktoren fasziniert. Nein, es war nicht sein kleiner grüner Trampeltrecker, der seine Aufmerksamkeit gewann. Es waren die großen, landwirtschaftlich genutzten Fahrzeuge, die echte Äcker bestellten. Mein Sohn wollte auf einem echten Traktor über den Acker und nach Möglichkeit sofort. So konnte er seine Wünsche immer sehr deutlich ausdrücken und hatte von Geburt an einen ausgeprägten Willen. Nun wohnten wir zu der damaligen Zeit sehr ländlich und hatten viele Landwirte in der

Nachbarschaft. Es war also nicht besonders schwer, meinem zweijährigen Sohn diesen Wunsch zu erfüllen. Wie ich mich dabei fühlte, darüber wollte ich gar nicht nachdenken. Was macht man als Mutter nicht alles, um ein lachendes Kindergesicht zu sehen? Egal, unser Nachbar pflügte gerade seinen Acker. Er war mit einem alten Traktor auf seinem Land unterwegs. Es war ein heißer Sommertag. Ich war eher zum Shoppen angezogen, als für den Acker gekleidet. Ich trug apfelgrüne Lackschuhe, Designerjeans und eine Seidenbluse. Durch Handzeichen bewegte ich den Traktor zum Halten und trug den Wunsch meines Sohnes unserem Nachbarn vor. Dieser ließ uns sofort zusteigen. Der Acker war staubtrocken und die Sonne stach erbarmungslos vom Himmel. Ich nahm auf dem Sozius Platz, mein Sohn auf meinem Schoß. Schon ging es los. „Schneller, besonders in der Kurve", krähte der Kurze. Er war schon immer ein Geschwindigkeitsjunkie. Der Nachbar ließ sich nicht lange bitte. Er fuhr schneller. Zur besseren Belüftung hatte er die Frontscheibe geöffnet, die Heckscheibe der Fahrerkabine war sowieso offen. So wehte der Ackerstaub direkt von vorne nach hinten durch das Fahrzeug. Meine Bluse wurde staubgrau, aus den apfelgrünen Schuhen wurden schlammgrüne. Staub setzte auf unsere Gesichter. Aus dem schmutzigen Gesicht meines Sohnes strahlten nur noch die dunklen Augen. „Das macht Spaß. Noch eine Runde" und die fuhren wir natürlich- und noch weitere. Irgendwann wurde auch das Atmen schwer, denn der Staub in der Kabine wurde dichter. Wir unterbrachen die Fahrt und verließen den Acker. Mein Sohn schaute uns und unsere Kleidung an. „Alles kein Problem Mama. Mit 40 Grad und ein bisschen Gallseife kriegen wir alles wieder hin"!

Berufswunsch Nikolaus

Ich glaube, mein Sohn hat die Sammelleidenschaft von mir geerbt. Während ich meine Teddyschatzis sammele, hortet sein Sohn Nikoläuse in jeder Größe, Farbe, jeden Alters, jeder Ausstattung und jeder Preislage. Für ihn gab es lange Zeit nur ein Fest und das hieß Weihnachten. Alle anderen lehnte er ab. Ostern konnte er gar nichts abgewinnen und seinen Geburtstag wollte er auch nicht feiern. Die Geschenke waren ihm auch nicht wichtig. Außerdem hatte er nur einen Berufswunsch. Er wollte Nikolaus werden. Dummerweise hatte ich ihm irgendwann und auch nur zum Spaß für die Weihnachtszeit ein Weihnachtsmannkostüm gekauft. Täglich musste ich seinen Bartwuchs bewundern. Dabei war er noch nicht einmal drei Jahre alt. Ich streichelte meinem Sohn also das Kinn und bestätigte die weißen Bartstoppeln. Später nähte ich ihm einen Plüschbart in hellgrau, den er mit Gummibändern an den Ohren befestigen konnte. Wir wollten die Natur nicht länger herausfordern. Mein Sohn zog nun morgens, auch gerne im Sommer bei 30 Grad, sein Kostüm an, befestigte den Bart hinter den Ohren, setzte die Mütze auf und spielte in einem alten CD Player „Jingle Bells" ab. Während die Sonne erbarmungslos durch die Fenster schien, schwitzte er in aller Seelenruhe in seinem Kostüm. Auch im Kindergarten konnte ihn kein anderes Lied begeistern. Monatelang lief bei uns zu Hause von morgens bis abends „Jingle Bells". Dazu tanzten natürlich seine Weihnachtsmannkollegen im Takt. Sie waren größtenteils batteriebetrieben. Sein größter Kollege war zu der Zeit 1,50 Meter und hatte einen Sensor. Auf Klatschen setzte er sich tanzend in Bewegung und sang vier Weihnachtslieder. Mein Sohn wippte ihm gegenüber im Takt. Er war gut halb so groß.

Er wollte am Nordpol arbeiten und da störten ihn weder die Entfernung noch die Kälte. Er meinte es verdammt ernst. Wollte er doch den alten Nikolaus ablösen, damit dieser endlich in Rente gehen könnte. Mein Sohn fragte seine Freundin, ob sie ihn nicht als Engel an den Nordpol begleiten und ihn bei seinen Aufgaben unterstützen würde. Sie hing sehr an ihrer Familie und außerdem wäre es doch sehr kalt. Da zeigte sich mein Sohn sehr flexibel, wollte nun Farmer werden und sich eine Ranch in Amerika anschaffen. Gegen meine Flugangst hatte er auch ein Argument. „Wenn du im Flugzeug tapfer bist, hole ich dich mit meinem Pickup vom Flughafen ab", erklärte er. Es gibt eben für alles eine Lösung.

Reinlichkeit

Nun war mein Sohn von je her ein bequemer Mensch und trug die Windel bis zum stolzen Alter von drei Jahren. Konnte er sich bereits mit zehn Monaten ganz gut verständlich machen und sich gut fortbewegen, indem er sich an den Möbeln festhielt, so mochte er doch auf die Pampers nicht verzichten. Auch lehnte er das Töpfchen ab. Stundenlanges Herumsitzen störte ihn doch in seinem Forscherdrang. Man konnte doch, während man in Ruhe in die Pampers drückte, noch so viele andere wichtige Dinge erledigen, zum Beispiel einige Küchenschränke ausräumen. Mein Sohn brauchte auch ein wenig

Ruhe, um sein Geschäft zu erledigen. Er zog sich dann in ein anderes Zimmer zurück und stöhnte leicht. Danach erwartete er mit einem Lächeln eine frische Pampers, was er dann auch in ganzen Sätzen ausdrückte. Er war eben ein reinlicher Mensch.

Ich versuchte, natürlich gerne auf seine Wünsche einzugehen, indem ich schon in seinem Gesicht las, wo der sprichwörtliche Schuh drückte. Auch wollte ich sein gesundes Körperempfinden nicht stören. Er sollte sich frei und nicht irgendwie verklemmt fühlen. Das hätte sich dann auch ungünstig auf seine emotionale Entwicklung auswirken können. Das sollte doch auf jeden Fall vermieden werden.

Er sollte zu einem glücklichen, selbstbewussten Menschen heranwachsen. Kurz vor seinem dritten Geburtstag verschwand mein Sohn auch wieder mit dicken Pustebacken in der Abstellkammer. Ich öffnete die Tür und fragte, was er denn dort mache. Ich solle ihn nicht in seiner Privatsphäre stören. Er brauche Ruhe. In dem Moment ließen mich meine mütterlichen Gefühle im Stich. Ich nahm meinen Sohn unter den Arm und trug ihn ins Badezimmer. Dann entkleidete ich ihn und nahm ihm die Pampers ab. Ab heute würde er die Toilette aufsuchen. Privatsphäre gäbe es schließlich auch im Bad. Mein Sohn protestierte. Wollte sich nicht auf die Toilette setzen. Mit den kleinen Fäusten trommelte er auf den Badezimmerboden. Er war verdammt wütend. Die Fußbodenheizung wärmte uns beide. Ich setzte mich auf die Badewanne. „Ich habe Zeit. Du kannst deinem Unmut Luft machen. Aber von der Pampers wirst du dich ab heute verabschieden", verdeutlichte ich ihm. Und er schimpfte und trommelte. Das ging gut eine Stunde so weiter. Danach setzte er sich in Ruhe auf die Toilette und erledigte sein Geschäft. Seitdem brauchte er keine Windel mehr. Trotz großer Freiheit brauchte mein Sohn doch mal eine klare Ansage. Unserer großen

Freundschaft hat das nicht geschadet.

Elternsprechtag

Geht das Kind dann irgendwann zur Schule, so muss man als Mutter natürlich auch am Elternsprechtag teilnehmen. An sich keine angenehme Aufgabe, muss man sich dann von einem Lehrer anhören, dass der Nachwuchs wieder ein halbes Jahr ausschließlich zum Fenster herausgeschaut hat, anstatt am Unterricht teilzunehmen. Dabei sage ich ihm immer: „Wenn du schon schläfst, achte darauf, dass dein Kopf nicht auf den Tisch fällt. Dadurch störst du den Schlaf deiner Mitschüler." Bisher hatte er sich auch immer daran gehalten, und ich mich nach Möglichkeit auch von den Elternsprechtagen fern. Nun besuchten wir an einem Wochenende den Musikerflohmarkt ganz in der Nähe unseres Wohnortes und liefen einem Lehrer meines Sohnes fast in die Arme. Da war Aktion gefragt. Stand es doch gerade in diesem Fach nicht zum Besten und der Elternsprechtag war irgendwie an mir vorbei gegangen. So wurde der Lehrer gleich in ein Fachgespräch über Gitarren, Musikrichtungen und Livekonzerte verwickelt. Wir drei unterhielten uns sehr angeregt. Der Lehrer bedankte sich für das angenehme Gespräch und diesen Lehrersprechtag. So etwas hatte er bisher noch erlebt. Bei uns ist alles möglich und die Note meines

Sohnes verbesserte sich auch umgehend. Musik verbindet eben...

Partnerwahl

Nun hat mein Vater nicht nur das Talent, jede meiner Aufnahmen zu kommentieren, sondern ist er auch sehr besorgt, welchen Umgang ich pflege. Er bezeichnet nicht nur meine Musik als Hottentotten-Musik, sondern auch den männlichen Umgang, den ich pflege als Hottentotten, gerne auch als Minustypen. Ich habe schon als Mädchen eine Vorliebe für Gitarristen gehabt und mich auch ziemlich früh in Musikerkreisen aufgehalten. Leider kann mein Vater meinen Geschmack absolut nicht teilen, diese Minustypen, Mondmänner?, musizierenden Halbaffen und Wanderjodler passen so gar nicht in seine Vorstellung von einem soliden Schwiegersohn. Ihm wäre ein Banker mit geregeltem Einkommen natürlich lieber. Der hätte vermutlich auch nicht so eine unmögliche Langhaarfrisur. Dabei habe ich wirklich alles versucht. Habe ich meinen Eltern doch Leadgitarristen verschiedener Musikrichtungen vorgestellt. Von Oldie bis Heavy Metal. Nichts konnte sie zufrieden stellen. Mein Vater sagt heute noch, dass er bis auf den Männergeschmack mit mir auf einer Welle schwimmt.

Partnerkommunikation

Nun bin ich an sich ein sehr kommunikativer Typ. Habe aber schon vor Jahren die Erfahrung gemacht, dass Männer- und Frauengehirne anders arbeiten. Aus meiner Sicht sind sie nicht wirklich kompatibel. Da äußert man beispielsweise seine Gefühle und blickt nur in ein Gesicht voller Fragezeichen, gefolgt von: „Wie meinst du das? Oder meinst du das ernst?" Da kehrt man nun wirklich sein Inneres nach außen und legt einen absoluten Seelenstrip hin. Und wozu? Nur, um mal wieder nicht verstanden zu werden. Wenn man beispielsweise zum Geburtstag seine Wünsche äußert, schränkt man den Partner in seiner Geschenkekreativität ein. Kauft man sich das Ding dann selber, ist man ein Spielverderber. Essen gehen beeinträchtigt die Figur, Ausgehen könnte Spaß machen. Ist also auch nicht erwünscht. Schwierig! So haben wir uns seit Jahren einen Code angeeignet, der bei allen Männern anwendbar ist und garantiert funktioniert. Man benutzt die Codewörter „ja, nein, vielleicht", d.h. man führt die Kurzgespräche so, dass der Mann mit diesen Worten antworten kann. Kürzlich haben wir „Stop" in unseren Code aufgenommen, falls zu viele Informationen fließen. Momentan überlege ich, ob „eventuell" das Kommunizieren noch verbessern könnte. Es ist noch in der Probephase. Schließlich möchte man den Partner doch nicht überfordern.

Männer im Allgemeinen

Nun hat sich ja das Bild des Mannes in der Gesellschaft und auch sein Aufgabenfeld innerhalb der Familie grundlegend gewandelt. Während er vor einigen Jahren noch nur mit einem Tierfell bekleidet mit einer Keule Tiere erlegt hat, während die Frau die Höhle fegte, hat er sich heute zum Hausmann und Windelwechselpapa entwickelt. Die Frau von heute hat ihn halt gerne etwas weiblicher, schmusiger, familienfreundlicher und zärtlicher. Dass ein Mann aber einen angeborenen Jagdinstinkt hat und nicht nur gerne Mammuts, sondern auch Frauen erlegt hat und dieses von der

Evolution so bestimmt war, wird gerne vergessen. Die Frau von heute sieht ihn dann doch gerne mit Küchenschürze und Gummihandschuhen in der Küche. Das Alpha-Gen möge er bitte zu Gunsten der Partnerschaft unterdrücken und der Partnerin, nachdem er den Teppich gesaugt hat, noch hingebungsvoll die Füße kraulen. Den Schmusebär darf er gerne nach Feierabend auf dem Sofa geben, wenn die Partnerin von einem arbeitsreichen Karrieretag nach Hause kommt. Auch wird von ihm erwartet, dass er sich in Sachen Schnullerform, biologischem Babybrei und der besten Windel auskennt und in Sachen pädagogischer Empathie beim Nachwuchs die Nase vorn hat. Gerne werden Väter auch auf dem Spielplatz gesehen, damit sie dann mit den anderen Müttern über Spielgruppen und Babyschwimmen, sowie Stillprobleme diskutieren können. Viele Männer haben ihr Alpha-Gen schon so weit unterdrückt, dass sie auf einem guten Weg in die Identitätskrise sind und allmählich Depressionen entwickeln. Wäre ihr weibliches Empfinden noch weiter ausgeprägt, wären sie Frauen geworden.

Um mit Männern in friedlicher und harmonischer Koexistenz leben zu können, und sie nicht ihrer Identität zu berauben, müssen wir Frauen uns vor Augen halten: Der Mann ist auch heute noch ein Jäger und Sammler. Sein Fell trägt er unter dem Anzug und die Keule in der Aktentasche. Außerdem pinkelt er nach wie vor noch gerne im Stehen.

Kommunikation in der Familie

Wenn man nun seit Jahren in einer familiären Lebensgemeinschaft lebt, entwickelt man zwangsläufig eine eigene Sprache mit Codes und Kürzeln. Das kann für einen Außenstehenden schon mal befremdlich klingen. Man sieht dann Fragezeichen im Gesicht des Nichteingeweihten. Man braucht schon ein gewisses Vokabular, um unseren Gesprächen zu folgen. Gerne benutzen wir beim Einkaufen besondere Worte. So wird der Einkaufswagen zum Kuddel, der Chip zum Pin, die Wasserkiste zur Stiege. Wenn man diese Grundbegriffe erstmal verstanden hat, wird der Einkauf zum Erlebnis. Hier werden am Küchentisch auch Verben geprägt, die schon an Geheimsprache erinnern. Grundsätzlich haben wir viel Spaß, und wer sich erstmal in unserem inneren Zirkel befindet, kann unserer Kommunikation auch ziemlich schnell folgen. Doch natürlich lassen wir nicht jeden an unserer Sprache teilhaben, schließlich ist sie geheim und nur Auserwählten vorbehalten.

Küchentisch

Eine letzte Geschichte möchte ich unserem Küchentisch widmen. Er ist Dreh- und Angelpunkt unserer Familie. Meetingpoint eben! Auch Freunde und Bekannte treffen sich hier gerne auf einen Kaffee und es wird stundenlang geredet. Doch der Tisch kann noch mehr. Hier werden nicht nur Gerichte zubereitet, nein auch Plätzchenteig ausgerollt, Bilder gemalt, ferngesteuerte Autos repariert und auch gerne mal die E-Gitarre. Unser großer Eichentisch hatte so viele Macken. Wenn der seine Geschichten erzählen könnte. Er ist nämlich auch mein Arbeitstisch. Ich schreibe täglich an ihm. Hier wird gebastelt, Geschenke für diverse Feierlichkeiten eingewickelt, gerne auch mal ein Tischfeuerwerk gezündet. Das hinterlässt natürlich Spuren. Unser Küchentisch lebt. Deshalb habe ich ihn auch als Cover für meine Kinderbücher und auch für dieses Buch gewählt. Einfach, um meinen Lesern auch ein Stück von meinem Zuhause zu zeigen. Die Bedeutung dieses Möbelstückes hervorzuheben.

Nach vielen Jahren war unser Küchentisch so zerschrammt, dass man die Farbe seiner Oberfläche schon gar nicht mehr definieren konnte. Ich hatte mit einem Möbelstift und auch Politur viele Aufhübschungsversuche unternommen. Aber irgendwann war ich auch mit meiner Kreativität am Ende. Es musste ein neuer Tisch her. Wir besorgten ein ähnliches Modell und stellten es in der Küche auf. Der alte Tisch dient im Keller als Werktisch. Natürlich wurde auch der neue Tisch sofort wieder in den Alltag eingebunden. Bei der Reparatur der E-Gitarre wurde die Befestigung des Tragegurtes in das Holz gedrückt. Bei der Reparatur des Modellautos der Klebstoff direkt auf der Tischplatte verteilt. Es ist wie immer. Der Tisch ist eben mehr als ein Möbelstück. Er ist ein Teil der Familie.

-ENDE-

FSC
www.fsc.org

MIX

Papier aus ver-
antwortungsvollen
Quellen
Paper from
responsible sources

FSC® C105338